서리꽃

서리꽃

—

초판 1쇄 2026년 2월 27일
지은이 김미화
펴낸이 김영재
펴낸곳 책만드는집

—

주소 서울 마포구 양화로3길 99, 4층 (04022)
전화 3142-1585 · 6
팩스 336-8908
전자우편 chaekjip@naver.com
출판등록 1994년 1월 13일 제10-927호
ⓒ 김미화, 2026

—

—

ISBN 978-89-7944-920-4 (04810)
ISBN 978-89-7944-354-7 (세트)

책 만 드 는 집
시인선 276

서리꽃

김미화 시조집

책만드는집

꽃과 별을 보며
바람 소리에 귀 기울여
시를 적다 보면
언제나 내 마음은 고향으로 향했다

불러도 대답 없는 이름들
잊을수록 선명해지는 얼굴들
시간은 멀어졌어도
기억은 여전히 내 안에서 숨 쉬고 있다

굽이굽이 산길이
걸을 땐 힘들어도
멀리서 보면 아름다운 것처럼

내 지나온 삶의 굴곡들도
시집 한 권으로 묶으면
절경은 아닐지라도 작은 동산처럼 아담한
풍경이 되었으면 합니다

2026년 2월
김미화

| 차례 |

2부   찔레꽃 우리 엄마

3부 사람의 온도

4부　봄의 재회

1부

서리꽃

꽃향기에 취해

연둣빛 새순 틔워 햇살 아래 웃던 꽃
마음에 모종하니 다시 또 꽃밭이네
품어낸 꽃향기에 취해 젖은 발로 울었지

접시꽃

지나온 날 내려놓고 환하게 웃는 자태
말의 뉘 가리시는 엄마를 꼭 닮았다
여름볕 땀방울 씻은 얼굴이 참 곱다

백일홍 지다

종갓집 외며느리 우리 엄마 닮은 꽃
처서 지난 대문 앞에 붉게 핀 저 백일홍
여름내 지등 환히 켜 우리 꿈 물들였지

황매화

16

고향집 울타리에 지천으로 피어나
어머니 가시는 길 환하게 밝힌 꽃
꽃들도 운다는 것을 나는 그때 알았지

서리꽃

기우는 들녘에서 온 힘 다해 피는 꽃
목숨의 끝을 알아 화사하게 웃는다
생명을 가진 것들은 기쁨 주려 사나 보다

배풍등

가을볕 끼고 앉아 꽃을 버린 그 자리에
가부좌란 이런 거다 붉은 진주 물고 있네
고운 알 실에 꿰어서 딸에게 주고 싶다

연꽃처럼

움푹 팬 상처도 언젠가는 아물듯이
사는 일 힘들어도 풍경 소리 들리고
적막을 안고 일어난 연꽃처럼 살아간다

알로카시아꽃

삶의 열망 도저히 감출 수 없다 외치며
잎맥마다 실금 치고 통증을 뱉는 순간
보란 듯 삶의 노래가 개성만큼 찬란했지

참나리꽃

미소는 천 리 넘고 향기는 만 리까지
내 고향 길목마다 그림같이 나래 치던
혓바늘 돋은 내 사랑 기다리는 내 고향

꽃다지

기다렸던 봄바람에 기어이 한 몸 되자
웃음을 뿜어내는 하늘하늘 꽃다지
모두가 흔들린다고 어찌 다 춤이 되랴

덩굴장미

달큼한 향내 품고 담을 넘는 붉은 미소
제 살을 아끼려고 가시 두른 모성이
생명은 눈으로 보라 말없이 경고했다

달개비꽃

24

은행나무 등걸에 핀 하루살이 달개비꽃
내 꿈보다 더 여물게 내 길처럼 더 모질게
하늘을 날고 싶다며 꽃잎 펼쳐 들었다

얼음꽃

땅속은 봄이 온다 두근두근 설레는데
비쩍 마른 가지마다 얼음꽃이 피었다
미련도 욕심이란 말 *끄덕끄덕* 동의했다

하얀 민들레

멈춰 선 내 신발 앞 바들바들 하얀 민들레
내 심장도 파동 멈춰 미안한 듯 바라보면
만개한 봄날 왔다며 마냥 마냥 웃는다

메밀밭에서

산비알 메밀꽃 하얗게 핀 이른 가을
막내딸 젖 물리고 젖 뗀 아들 보듬던
해맑은 모성의 눈빛 그늘마저 밝힙니다

불두화 佛頭花

28

절 한 채 지어놓고 부처님 모신 날
앞마당에 심어놓은 인등引燈 닮은 불두화
한맛비* 흠뻑 적셔도 벙글벙글 웃었다

* 부처의 설법이 모든 중생에게 고루 끼치는 것을, 만물을 고루 적시는 비
에 비유하여 이르는 말.

목련꽃 벙그는 봄

하늘 담긴 계곡물에 목련꽃 뚝뚝 진 봄
흐르는 물 위로 따라가던 꽃잎들
봄이면 그 물소리가 내 마음에 펼쳐진다

화무십일홍

30

메마른 가지마다 봄볕 문 꽃송이
고단했던 날들을 갸륵하게 잊었는데
가지에 놀던 비바람 꽃잎들을 데려가네

2부

찔레꽃 우리 엄마

텃밭

제 먹을 것 제가 지고 태어난다 그 말처럼
어머니 손길마다 꽃등 켜는 유실수
새들도 푸드덕 날아와 단맛 알고 콕콕 쫀다

모종

34

엄마 땀 함께 심은 텃밭에 들깨 향기
그 마음 모종한 얼굴에는 눈웃음
들꽃도 음표가 있는지 이제야 알 것 같다

풍년

곡우에도 아버지는 땀방울을 흘리셨다
아는지 모르는지 깨꽃처럼 웃는 벼
들녘도 단풍 든 가을 밥상이 따뜻하다

나비 날다

36

우화 끝낸 나비가 관악산에 살고 있다
꽃 없어도 멧새들의 날갯짓에 눈부신 봄
일평생 다니고 싶은 만큼 가늠 없이 자유롭다

시아버님 기일

올해도 어김없이 찬 바람이 불어와요
어머님 장 보따리 터질 듯 이고 오듯
장독대 수북한 함박눈 이고 앉은 동짓달

삭정이에 눈 쌓이면 뼈마디에 바람 드니
아가야 손 시리다 떨리는 손 잡아주던
유성우 쏟아지는 밤 눈 붉혀 되짚는다

울고 넘는 박달재

38

가을비 리듬 타고 이웃집 담을 넘어
울 아부지 살아생전 부르시던 그 노래
내 가슴 파고들 때면 흥건한 내 손수건

아버지가 사는 법

세상 셈법 등지시고 설움을 숨으실 때
뼈마디 삐걱이면 입술을 앙다무셨지
그 아픔 혈관 타고 흘러도 울음을 파쇄했지

찔레꽃 우리 엄마 1

40

눈부시게 환한 봄 뻐꾸기 우는 길
허리끈 풀어놓으신 우리 엄마 계시지
하얀 꽃 훅 따서 드시며 웃는 꽃 피었지

찔레꽃 우리 엄마 2

개울물도 노래하는 산빛 환한 오월
풀물 든 가슴으로 "엄마" 하고 부르면
"우리 딸" 내 마음 콕 찌르는 찔레꽃 우리 엄마

환하게 이팝꽃 핀 봄날

42

소리 없는 미소로 인사를 대신하는
불러도 대답 없는 영정 속 우리 고모
환하게 이팝꽃 핀 봄날 청산이 되셨다

외삼촌

43

기다리던 혈육이 행여나 찾아올까
이사도 하지 않고 뿌리박혀 사실 동안
북녘만 바라보시던 해달별빛 외삼촌

성묘

44

우거진 잡초 헤쳐 정성 다해 단장하고
봉분 앞에 엎드려 그리움 펼치니
생전에 하신 말씀이 마음속을 비집었다

소나기

후끈한 바람 앞세워 먹구름 몰려와
투두둑 난타하듯 장맛비 쏟아지면
알 사람 알고 있지요 도랑물 넘치는 걸

이런 날 아버지가 끝없이 생각나서
가슴속 둘둘 말아 감춰뒀던 이야기
남몰래 꺼내봤지요 수초 닮은 그 모습

소나기 지나가면 진동하는 풀 냄새
텃밭이며 논두렁에 쑥쑥 자란 개망초도
곡식은 커야 한다며 소나기처럼 베셨지요

엄마 별

46

가을 깊은 산중에 조용한 절 한 채
초롱한 별빛들이 법당 안 비집으면
가느단 실금 사이에도 표류하는 엄마 별

달래 냉이

달래 냉이 캐려고 들녘으로 나간 봄날
투박한 손으로 내 어깨 토닥이신
당신의 환한 미소가 봄바람에 실려 오네

우리 술

48

나무 위 새소리에 푸르름이 짙어갈 즘
힘차게 접어 올린 승무의 옷자락처럼
고요를 깨는 기상에 하늘도 파래졌다

가을 들녘

구름이 한가하면 들녘은 가을이다
촘촘히 어깨 걸고 생각 잠긴 알곡들
겸허히 저를 지우고 감사를 익힌다

버들피리

늘어진 가지마다 봄빛을 입으면
나뭇잎엔 찰랑찰랑 햇살들 마실 오고
동생들 버들피리 물고 온 동네 빙 빙 빙

손두부

엄마를 꼭 닮아 솜씨까지 물려받은
동생이 보내준 손두부가 따뜻하다
창으로 들어오는 달빛 엄마 생각 간절하다

평온한 주말

52

입동이 다가와도 거실 창이 삐걱여도
아들의 발걸음 소리에 평온해지는
주말은 청국장 냄새가 골목까지 구수하다

3부
사람의 온도

내 마음의 연약지반

눈 속에 넣어둬도 아프지 않을진대
가슴에 묻어두긴 마음이 너무 아파
오늘도 세월을 더듬는다 한 줄기 바람 되어

전쟁의 상처

56

상처는 아물었어도 흉터는 남듯이
슬픔의 중력은 사라지지 않았다며
전쟁은 삶을 죽이고 이념만 남겼다

DMZ

고향 따라 말없이 흐르는 강물 위로
새들도 자유롭게 비상하는 낙원인데
통한의 실향민 발걸음 거부하는 눈물 밴 땅

경제 한파

올라선 금리만큼 푹 꺼지는 진한 한숨
무너진 가슴속에 추락한 시름들이
노 잃은 돛단배처럼 갈 길을 잃었다

강물은 제 길 가도 유수는 다를진대
휘감아 품은 자태 어찌 그리 당당한지
팬데믹 경제 한파에 얼어붙은 쪽방촌

봄이 없는 거리

욕심이 불러들인 화염 속 아우성에
민족의 한탄이요 세대 넘어 원한 되어
사라진 보금자리엔 언제 오나 봄날이

요양원에서

외아들 잘 키워놓고 홀로 되신 할머니
요양원 오신 후로 기다림을 배우신다
봄 오면 새순 기다리고 가을엔 열매 보려

메모지 적힌 번호 몇 번이고 누르시다
다시금 꽃만 봐도 마음 환한 할머니
아픔을 삭이시는 법 깨달으며 사신다

억새

무박자 바람결에 휘이휘이 춤을 춘다
때로는 힘들지만 장하게 살았다며
부시게 하얀 꽃 핀 억새 해탈 경지 들어섰다

사람의 온도

62

문 앞으로 찾아온 민들레 홀씨들이
노곤한 잠을 깨 방실방실 웃더니
말들을 이웃과 손질하며 토닥토닥 살아간다

폭우

바람에 밀려온 구름 바람 안고 투신할 때
길들이 끊어지고 산들도 무너졌다
덩달아 내려앉은 억장 둥근 손이 그립단다

인생 소풍

잡으면 소스라치고 기대면 버거워도
사랑으로 이겨내리 결단하며 막아내리
대대로 이어온 말씀 녹여가며 살아냈다

아쉬운 인연

얼굴빛만 보아도 굴풋한 것 알아챌 때
점괘처럼 적중해서 마음 문턱 없앴지만
간절함 방향 차이로 대면도 멀어졌다

둘레길에서

66

내 설움 보듬어줄 고향이 내게 있네
매화꽃 진다고 눈 붉힌 사람들이
저 열차 타고 가면은 기다리고 있다네

가을 서정

자식을 품에 안고 젖 물린 모성처럼
낙화할 때 흩날려도 가슴 저린 단풍잎
오소소 떨어질 때마다 바람 업혀 가고 있다

경회루 그 기억

68

세월 밖 목마른 시간 보낸 나무들이
짓밟히고 소실됐던 고름 같은 기억들을
먼지로 날려 보냈다고 물결 위에 시를 썼다

청량대운도*

대자연을 품은 산이 경판 위에 펼쳐졌네
구름은 다라니경 와불은 염화미소
어느덧 풍경이 된 나 계곡을 걷고 있네

* 故 야송 이원좌 화백의 산수화. 길이 46m, 높이 6.7m, 전지 400매 분량의
작품으로, 경북 청송군 진보면 청량대운도 전시관에 전시되어 있다.

상추밭에서

상추를 만나려고 다다른 새말길
푸릇한 청 꽃상추 조심스레 뜯을 적
머잖아 여름 온다며 뻐꾸기 울었다

반월호수 둘레길

실없는 바람에도 흔들리는 물살무늬
그냥 그냥 흔들린다 우리네 인생처럼
빙 도는 둘레길 따라 길 있어 걸어간다

보릿고개
−남편의 어린 날

들녘마다 고무신 땀방울 적셔올 제
어머님 머리 위에 노란 참외 익어가고
새벽이 잠든 밤 깨워 발걸음 재촉하네

아버지 지게 위에 삶의 무게 느껴질 때
어깨에 걸린 수건 이마를 스쳐 가면
땀 젖은 주머니 한쪽에 어린 꿈 피어난다

4부

봄의 재회

달님

노는 구름 사이 두고 숨바꼭질하자는 듯
밤 깊어갈수록 둥두렷 환한 달빛
내 꿈을 밝혀주시려는 엄마 마음 보였다

폭설

76

하나를 갖기 위해 자신을 놓아버린
어느 먼 별의 속내 가슴속에 채웁니다
온종일 하나 된 세상 이쯤으로 족합니다

가을 문턱

풀벌레 가슴 여네 밤새워 마음 비우네
뉘게나 삶은 그리 만만치 않아서
서늘한 감국화 따서 뜨겁게 마음 뎁혔네

귀뚜리 울음소리

78

가을밤 곡진한 귀뚜리 울음소리
얼마큼 당돌한 슬픔인지 모르지만
그 위로 헤아리다가 내 한숨을 보탰다

새싹

떨어졌던 꽃잎들을 겨우내 거름 삼고
모퉁이 떨군 햇살 끈질기게 받아내어
밟혀도 다시 일어나 배시시 웃는다

추 벽시계

80

긴 걸음 재촉하고 짧은 걸음 느릿느릿
내 삶을 그러안고 한 세월 돌고 돌았다
이제는 서두르지 않고 너와 함께 가고 싶다

감나무 아래서

81

무게가 버겁다고 가지 휘는 가을이면
허기를 채우라며 낯 붉힌 붉은 홍시
굳은살 몰래 감추신 부모님 더욱 그립다

우리 동네 들고양이

82

동그란 눈 굴리며 문턱을 넘어와
어젯밤 앞집 할매 황천길 떠났다고
고개를 갸웃거리며 안부를 묻고 가네

제비 부부

봄 돼도 둥지에 오지 않는 제비 부부
미세먼지 때문일까 넓은 둥지 찾은 걸가
얼마나 골똘했는지 저들도 아는 게야

낯익은 전화번호

색 바랜 낡은 수첩 낯익은 전화번호
먼 생각 달려와 한없이 파고들 때
아련한 지난 시간들 스멀스멀 나온다

시공간 훌쩍 지난 소식들도 반갑지만
다정한 목소리는 추억으로 다시 돌아
해거름 밀쳐두고서 유년으로 달려간다

시간은 바람처럼 지나면 또 오지만
그리움은 그림 속 새들처럼 날 수 없어
동그란 얼굴 그리고 추억을 불렀다

왕사마귀

소보록이 꽃물 드는 산천마다 가을인데
언제쯤 제 길 갈까 눈짓을 자꾸 해도
감나무 잎 진 가지에 터 잡고 살고 있다

함박눈 내리던 밤

86

초저녁 잠 깨어나 시 한 줄 얻겠다고
썼다가 지우고 다시 썼다 지우다가
한 밤을 꼬박 새웠다 함박눈 내리는 밤

개똥벌레

보는 눈은 다 똑같아 볼품없다 알고 있어
어두운 밤을 골라 불을 켜는 개똥벌레
눈이 먼 사랑을 불러 생의 길 가고 있다

낙엽

88

찬란하게 떨어질 때 부활을 믿음인지
바람 탓 하지 않는 순명이란 저런 것
해 아래 새것은 없다 진리를 설파한다

봄의 재회

우주를 돌고 돌아 내 앞에 멈춰 선 봄
떠나간 사람도 이렇게 올 수 없나
쇠박새 딱따구리도 나무를 쪼는데

정든 군포

수리산 자락 아래 뿌리 내린 민들레처럼
도란도란 웃는 봄날 홀씨도 날려보고
아지매 푸근한 눈빛 마주 보며 살았지요

님 생각

돌아보면 내 사랑은 금강경 한 줄 같아
채우고 채울수록 늘 마음 비어있어
님 마음 채우고 나니 세상 온통 꽃빛입니다

5부

임청각

열차 여행

동그란 신발 신고 긴 꼬리 단 철마
부푼 꿈들 가득 싣고 들녘을 지나칠 때
새롭게 스치는 차창마다 새 앨범을 남긴다

용문사에서

부챗살 펴놓은 듯 바람들이 풍만한데
돌확 안 은행잎 시주인 듯 경건하고
뎅그렁 풍경 소리가 내 마음을 비운다

삼성암

천덕산 숲이 내준 호젓한 길 따라
서러운 마음 안고 언제나 찾아가도
법화경 살뜰한 말씀에 풍경들도 마음 여네

수리사 가는 길

98

산빛 젖은 능선마다 생각에 잠겼는지
계곡마다 율을 푼다 심연 훑는 맑은 가락
대웅전 불경보다 먼저 내 마음 씻어줬다

호수 위의 낙엽

날개 찢긴 벌레처럼 구겨진 잎사귀들
바람에 흩날리다 호수에서 유영한다
인생은 후회하지 않는 것 가슴으로 배웠다

낙조

갈매기 하늘 날고 은빛 바다 설렐 때
온 세상 호령하던 붉은 해도 모로 누워
한평생 변치 말자던 사랑 하나 눈 붉혔다

초평호 출렁다리

섬과 섬 허공에 길을 낸 출렁다리
술 취한 육신처럼 비틀비틀거려도
서로를 이어주려는 가슴 멍한 외고집

가을 산사

등 굽어도 색동옷 차려입은 나무들
저물어간 가을 끝에 초조한 건 너뿐일까
파르르 떨고 있는 촛불 참선하라 설법한다

시사단 試士壇

강물을 품어 안아 하늘이 더 푸른 날

묵향에 손목 잡혀 시사단을 면하니

올곧은 선비 정신이 추사체로 날 맞는다

노을

온종일 전심으로 천하를 다스려도
돌아갈 때 제 길을 아는 것이 섭리이듯
눈시울 젖은 물결 위로 돋아나는 윤슬들

서귀포 주상절리

바위기둥 저리 서서 법문을 외는 듯
바다를 응시하며 늘어선 주상절리
가없는 용기와 절망 앞에 제 살 깎고 버틴다

청평사의 가을

소양호 강물보다 더 푸른 하늘 아래
고요로 빚은 절집 사시마지* 시간 될 즘
단청을 흔들던 바람 산을 곱게 물들인다

무념으로 깨달음을 경지라고 말한다면
흐지부지 물리친 죽비는 스승인가
눈 들면 가슴 가득히 천 년 전 그 종소리

오봉산 그림자 밟고 앉은 법당에서
마음을 비우고 염주를 돌리면
구절초 맑은 미소가 내 마음을 빼앗는다

* 巳時麻旨. 사시인 오전 아홉 시에서 열한 시 사이에 부처 앞에 올리는 법.

제주 와흘메밀마을

펑 펑 펑 팝콘 튄 듯, 메밀꽃 아! 메밀꽃
돌담길 잇댄 길도 사방 온통 눈부셔라
와흘리 풋풋한 바람 아이처럼 달려오네

사랑스러운 손주들

장난기 가득 품고 눈망울 초롱초롱
밀감밭 향기 속에 커져가는 손주 웃음
여린 손 밀감 한 소쿠리 웃음꽃 만개하네

사월 초파일

계곡 타고 흐르다 부딪쳐 상처 나도
흐르는 물소리의 음계를 읽노라면
내 마음 바람의 후렴처럼 염불 음 읊는다

산허리 돌고 도는 은은한 목탁 소리
물소리 밀어내고 산 마음 들이면
대웅전 은은한 향기 도량으로 이끄신다

그랜드캐니언

침전물 포개놓은 불멸의 조각 예술
켜켜이 쌓인 물소리 협곡에 넘칠 때
결박한 바위틈마다 내 마음 두고 왔네

문무대왕릉

파도치는 바다에서 왜구를 막아서는
높으신 호국정신 지키는 대왕암
조국을 수호하는 혼 아직도 푸르다

주왕산 절경

암산이 빚어낸 수려한 산수경석
가까이 다가가니 물줄기 그림 같고
태백의 정기를 이은 천하 절경 여기 있다

임청각

뉘엿뉘엿 해 질 무렵 찾아간 임청각
퇴계는 가고 없어도 빛바랜 친필이
여전히 어둠 속에서도 기품 잃지 않았다

돌담 아래 자리 잡은 야생화 흔들리고
나그네의 짚신인가 일제의 군화인가
낙동강 은빛 실루엣 옛이야기 들려준다

구십구 칸 동강을 낸 잔인한 역사 두고
바람은 실없이 이곳저곳 쏘다닐 때
담장 곁 모과나무는 연신 고갤 흔들었다

순연한 서정, 언어의 제련
– 김미화의 『서리꽃』

유지화 《시조생활》주간·문학박사

기쁨 주려 사는 꽃

김미화 시인이 첫 시조집 『서리꽃』을 상재한다. 삶에 대한 애정이 남다른 김 시인은 2023년《시조생활》여름호 등단 이후 「꽃향기에 취해」를 시작으로 92편의 주옥같은 시편을 길어 올렸다.

기우는 들녘에서 온 힘 다해 피는 꽃

목숨의 끝을 알아 화사하게 웃는다

생명을 가진 것들은 기쁨 주려 사나 보다

김미화 시인의 「서리꽃」 전문이다. ‘상화霜花’ ‘상고대’라 불리기도 하는, 상서로운 꽃 아닌 "기우는 들녘에서 온 힘 다해 피"어난 서리꽃은 바로 김 시인 자신일 것이다. 이런 시를 쓰는 시인이라면 묻지도 따지지도 않고 함께하고 싶다는 느낌이 들었다.

시인은 시적 대상을 통찰하여 주제의 적확한 언어를 찾아내는 연금술사다. 김 시인은 오늘도 세상을 향해 시를 쓴다. 보이는 것, 발길 머무는 곳, 언제 어디서 무엇을 보든 그의 눈빛에 닿으면 시 아닌 것이 없다. 존재하는 모든 자연과 사물이 시의 소재가 되고 빛나는 시편이 되는 것이다.

김미화 시인의 작품을 찬찬히 들여다보면 기억도 아득한 어머니를 향한 강한 그리움과 아버지에 대한 연민, 삶에 대한 긍정 어린 통찰이 있다.(1, 2부) 3부에서 보여주는 역사 인식, 소중한 사람들을 향한 남다른 애정하며, 현실에 대한 고뇌, 결 고운 시대정신까지,(4, 5부) 그의 시적 문체에 주목하노라면 시인은 만들어지는 것이 아니라 타고난다는 말이 실감된다.

김 시인의 시편들은 누구나 알고 있지만 쉽게 발견하지 못하는 생명력을 찾아내어 감각적으로 제련한 순연한 가락이다.

그의 진정성 있는 시집 『서리꽃』의 자장 안으로 독자를 초대한다.

연꽃처럼 살아간다

움푹 팬 상처도 언젠가는 아물듯이
사는 일 힘들어도 풍경 소리 들리고
적막을 안고 일어난 연꽃처럼 살아간다
　　－「연꽃처럼」 전문

시의 주제를 찾아가는 김 시인의 방법과 태도에 믿음이 간다. 진흙탕에서 피지만 어디에도 물들지 않는 꽃. 맑은 줄기와 푸르고 둥근 잎을 오롯이 간직하는 연꽃.

풍경 소리는 혼탁한 사회를 정화하는 소리다. 사는 일 힘들어도 시적 화자는 그 소리 들으며 연꽃처럼 의연하게 살겠단다. “적막을 안고 일어난 연꽃처럼” 그리 살아가겠다는 것이다. 연꽃이 진흙이라는 척박한 환경을 극복하고 우아한 꽃송이로 피어나듯이, “움푹 팬 상처” 또한 “언젠가는 아물듯이” 순수함을 잃지 않고 살겠다는 것이다.

“이별이게,/ 그러나/ 아주 영 이별은 말고/ 어디 내생에서라도/ 다시 만나기로 하는 이별이게,” 미당의 「연꽃 만나고 가는 바람같이」 시구가 떠오르는 것은 왜일까.

이렇듯 성숙할 수 있어야 시인이 되는가 보다. 시를 쓴다는 것은 진정 언어로 절을 짓는 일인가. 가슴 깊이 언어를 닦는 일

116

일까.

아침 산책길에서 만나는 남보랏빛 달개비꽃. 신비롭다 못해 신령스럽기까지 하다. 안타까운 것은 이 영롱한 꽃이 해가 뜨면 피어나 해가 지면 시드는 하루살이라는 것. 시인은 아프게 달개비꽃 앞에 앉았다.

비록 하루만 피고 질 꽃이라지만 확고한 꿈은 있어 여물게 모질게 꽃잎 활짝 펼쳐 든 꽃. 그 처연한 모습이 김 시인은 어쩐지 자신을 닮은 것 같아 오래도록 자리를 떠나지 못하는 것이다.

시인은 가타부타 말하지 않는다. 다만 초장(하루살이 달개비꽃)의 절망과 종장(꽃잎 펼쳐 들었다)의 희망을 대조적 이미지로 보여줌으로써 주제를 강화하는 효과를 낳는다. 꿈의 미학이 에서 빛난다.

메마른 가지마다 봄볕 문 꽃송이
고단했던 날들을 갸륵하게 잊었는데

가지에 놀던 비바람 꽃잎들을 데려가네
　－「화무십일홍」 전문

　인생사, '화무십일홍' 아닌 것이 있던가. 해도 뜨면 지고, 달도 차면 기울고, 꽃도 피면 시들기 마련이다. 제목이 주는 무거움에 비해 이 시를 읽노라면 대책 없이 쓸쓸하지 않다.

　"봄볕 문 꽃송이", 감각적인 표현이 독창적이다. 꽃잎들을 쓸어 가는 바람일 수도 있으련만 "꽃잎들을 데려가"는 바람이라고 말한다. 시인의 고운 성품과 만나는 지점이다.

　어떻게 살 것인가 하는 명제 앞에 고단했던 삶은 어느 결에 '봄볕' '꽃송이' '갸륵하게' '꽃잎' 등의 언어군이 대신한다.

　열흘 붉은 꽃이 없다지만 그것을 자연의 섭리로 바라보는 시인의 시선은 양지바른 꽃밭에 비바람 분다 해도 그 바람 꽃잎들을 가혹하게 쓸어 가지 않는다. 가지를 흔들던 바람도 아니고 "가지에 놀던 비바람"이기 때문이다. 그러니 그저 조심히 "꽃잎들을 데려가"는 것이다. 사나운 북풍도 시인의 눈빛이 닿으면 온순한 훈풍으로 바뀔 것만 같다. 그의 선하디선한 타고난 성정으로 볼 때 속수무책의 결과를 상상하기 어렵다.

　허허바다처럼 쓸쓸했던 '화무십일홍' 속담이 김미화 시인을 만나 이렇게 숨을 쉬는구나! 시의 영향력이다.

밥상이 따뜻하다

곡우에도 아버지는 땀방울을 흘리셨다
아는지 모르는지 깨꽃처럼 웃는 벼
들녘도 단풍 든 가을 밥상이 따뜻하다
―「풍년」 전문

'곡우穀雨 햇살을 맞으면 병이 낫는다'라는 말이 있을 정도로 봄의 끝자락 절기는 삼라만상이 축복 그 자체라 해도 과언이 아니다. 곡우는 양력으로 4월 20일경이다. "사월이라 맹하되니 입하 소만 절기로다/ 비 온 끝에 볕이 나니 일기도 청화하다/ 떡갈잎 퍼질 때에 뻐꾹새 자로 울고……."「농가월령가 - 4월령」에서도 알 수 있듯이 4월 중순 그 무렵이면 잡초도 보약이요, 부지깽이에서도 꽃이 핀다. 그런 날에도 아버지는 논밭에서 땀방울을 흘리셨다.

풍년을 위한 실마리로 '곡우'라는 상징어를 첫 음보에 앉힘으로 감각의 회로에 등불을 켠다. 김미화 시인의 장악력이다. 자꾸 소리 내어 노래하고 싶다. "깨꽃처럼 웃는 벼/ 들녘도 단풍 든 가을 밥상이 따뜻하다."

절창이다. 백모래밭 금자라 걸음으로 아장아장 걸으며 〈풍년가〉라도 읊어야 할 듯싶다.

후끈한 바람 앞세워 먹구름 몰려와

투두둑 난타하듯 장맛비 쏟아지면

알 사람 알고 있지요 도랑물 넘치는 걸

이런 날 아버지가 끝없이 생각나서

가슴속 둘둘 말아 감춰뒀던 이야기

남몰래 꺼내봤지요 수초 닮은 그 모습

소나기 지나가면 진동하는 풀 냄새

텃밭이며 논두렁에 쑥쑥 자란 개망초도

곡식은 커야 한다며 소나기처럼 베셨지요

　－「소나기」 전문

삭막한 시대에 김미화 시인의 시는 충만하다.

과거 아버지의 주된 역할은 외부에서 일하는 것이었다. 가부장적이고 권위적인 모습이 일반적인 아버지의 전형이었다.

도랑물이 강으로 바다로 흐르다 다시 비가 되어 돌아오듯 세상 떠난 아버지가 비가 되어 돌아오셨다. 도랑물 넘치듯이 아버지에 대한 추억도 함께 차오른다. 그리운 아버지. 아버지라고 해서 편안함을 몰랐겠는가. 아버지라고 해서 외로움을 몰랐

겠는가. 편안함도 뒤로하고, 외로움도 접어두고 아버지는 그저 생명을 불어 넣는 여름 소나기처럼 오직 가족을 위해 일하셨다. 물속에서도 잘만 자라는 수초의 푸른 생명력처럼 아버지는 땀에 흠뻑 젖도록 일만 하셨다. 텃밭이며 논두렁에 쑥쑥 자란 개망초에도 곡식이 먼저라며 소나기처럼 힘차게 낫질을 가하셨다.

촉각(후끈한 바람), 시각(수초 닮은 그 모습), 후각(진동하는 풀 냄새)의 감각적 이미지로 빚어낸 명편이다.

오늘은 아무래도 감춰두었던 아버지의 이야기를 꺼내야 할 것 같다.

> 늘어진 가지마다 봄빛을 입으면
> 나뭇잎엔 찰랑찰랑 햇살들 마실 오고
> 동생들 버들피리 물고 온 동네 빙 빙 빙
> ―「버들피리」 전문

역동적이다. 강에서 들에서 하늘에서 버들피리 소리 들려오는 듯하다. 물오른 나뭇잎으로 찰랑찰랑 햇살들 마실 오듯 피리 소리 넘실넘실 햇살 타고 오는 듯하다. 절로 마음이 정화되는 것 같다.

버들피리는 '호드기'라고 불리기도 하는데 주로 버드나무

껍질을 벗겨 소리를 내는 자연 악기다. 변하는 세월과 함께 우리의 시의 내용도 바뀌었다. 일제강점기《신여성》(1931년)에 발표된 최영주 작시·정순철 작곡〈호들기〉가사를 보면 “마디가 구슬픈/ 호들기오니// 호들기 소리를/ 들으면은요/ 지나간 생각에/ 눈물이 고여요”라며 호들기(호드기)를 나라 잃은 우리 국민으로 보고 있다.

‘봄빛’ ‘햇살’ ‘빙빙빙’ 웃음소리만 들릴 듯한 김미화의 ‘버들피리’와는 사뭇 다르게 최영주의 ‘호들기’는 눈물이 고일 정도로 구슬프다. 같은 대상을 두고도 시절과 상황에 따라 확연히 다름을 알 수 있다.

봄빛 입은 피리 소리에 힘입어 ‘버들피리 부는 날’이란 이름으로 국경일이 정해질 수도 있겠구나 상상해 본다. 정서적 어려움을 겪고 있는 우리의 어린이들이 그날만은 학교도 가지 않고, 학원도 가지 않고 들로 바다로 나가 마음껏 버들피리 불어 보는 건 어떨까!

노란 참외 익어가고

들녘마다 고무신 땀방울 적셔올 제
어머님 머리 위에 노란 참외 익어가고
새벽이 잠든 밤 깨워 발걸음 재촉하네

아버지 지게 위에 삶의 무게 느껴질 때
어깨에 걸린 수건 이마를 스쳐 가면
땀 젖은 주머니 한쪽에 어린 꿈 피어난다
　　―「보릿고개 - 남편의 어린 날」 전문

　표현은 쉽고 내용은 깊다. '보릿고개' 공간에는 땀에 젖은 어머니 아버지가 있다. 오늘날 한강의 기적이라고 일컫는 대한민국의 눈부신 근저에는 이 땅 부모들의 헌신적인 땀방울과 교육열이 있었음을 아무도 부인할 수 없다.

　집안의 화목(노란 참외 익어가고)을 맡은 분은 어머니였고, 가족의 생계(지게 위에 삶의 무게)를 책임지신 분은 아버지였다. 그 건실한 가정 안에서 화자의 "어린 꿈"이 "피어난" 것이다. 서정과 서사의 결합이 경이롭다. 이 짧은 시편을 통해 우리는 지난했던 우리 근대의 문화와 역사도 읽게 된다. 이제 김미화 시인의 '폭설'을 함께 맞을 차례다.

하나를 갖기 위해 자신을 놓아버린
어느 먼 별의 속내 가슴속에 채웁니다
온종일 하나 된 세상 이쯤으로 족합니다
　　―「폭설」 전문

얼마나 관찰하고 얼마를 사유해야 저 하늘 별의 속내를 알아
차릴 수 있을까.

별은 하나의 꿈을 꾸었다. 시적 허구다. 이 시적 허구를 인정
하지 않고 사실 속에 갇혀있으면 시인은 숨을 내쉴 수 없다고
한다. 별은 일체의 지구를 위해 자신의 존재를 놓아버리는데
그것이 눈[雪]이 되고 폭설이 되었다.

폭설로 하나 된 세상. 하나만을 갖고 싶었던 별은 폭설이 되
어 스스로 하나의 세상을 만들었다. 별은 그것으로 족하다. 시
인의 놀라운 상상력이다.

여기에서 "별" "하나 된 세상"은 독자의 상황에 따라 얼마든
지 다른 의미로 해석해도 좋을 것 같다.

우주를 돌고 돌아 내 앞에 멈춰 선 봄
떠나간 사람도 이렇게 올 수 없나
쇠박새 딱따구리도 나무를 쪼는데
　－「봄의 재회」 전문

간절한 그리움의 시편이다. 우주를 돌아 돌아 봄이 오듯이
떠나간 사람도 그렇게 다시 올 수 있으면 좋겠다. 그랬으면 좋
겠다.

다시는 볼 수 없는 그리움 앞에 무엇을 더 말하랴. 쇠박새 딱
따구리도 나무를 쪼고 있는 이때.

밀감밭 손주 웃음

외아들 잘 키워놓고 홀로 되신 할머니
요양원 오신 후로 기다림을 배우신다
봄 오면 새순 기다리고 가을엔 열매 보려

메모지 적힌 번호 몇 번이고 누르시다
다시금 꽃만 봐도 마음 환한 할머니
아픔을 삭이시는 법 깨달으며 사신다
　　－「요양원에서」 전문

가슴이 먹먹해진다. 노인 인구가 급증하면서 노인 생활에 대
한 사람들의 관심이 높아지고 있다. 우리는 누구나 노인이 된
다. 균형 잃은 걸음걸이, 어느 날 정신 차려보니 구부정한 허리,
물기 잃은 낯선 얼굴이 거울 앞에 서있다. 세월이 만들어낸 아
무도 피해 갈 수 없는 모습이다.

작품 속의 어머니는 외아들 반듯하게 키워놓고 요양원에 가
셨다. 오지 않는 아들이 보고 싶어 전화번호 누르다가도 혹여

아들 마음 불편할까 봐 슬그머니 손길 거두곤 한다.

스스로를 위로하며 꽃을 통해 외로움 삭이시는 어머니. 부모를 요양원으로 보낼 수밖에 없는 자식들의 안타까운 심정과 고적해도 내색하지 않으시는 어머니의 속정이 교차되는 순간이다. 누구의 잘못이라고 할 수 없는 인간만이 가지게 되는 쓸쓸함이 긴 여운을 준다.

기다림을 배우신 어머니. 어찌 소리 내어 어머니를 부를 수 있겠는가.

그럼에도 아침 해는 뜬다.

그럼에도 새살은 돋는다.

그럼에도 장난기 가득 품은 손주 웃음이 달려오고 있다.

장난기 가득 품고 눈망울 초롱초롱

밀감밭 향기 속에 커져가는 손주 웃음

여린 손 밀감 한 소쿠리 웃음꽃 만개하네

―「사랑스러운 손주들」 전문

할머니에게 손주는 하늘이 준 선물이다. 혈육이기 이전에 신이 주신 축복, 그 이상이다. 대를 이어 계승되는 혈육의 情. 손주 사랑. 세상 어느 별 아래 이런 사랑 있을까. 그렇기에 문장마다 약동하는 생명력을 얻고 있다.

　노란 병아리 같은 손주가 노란 밀감 아래서 노란 햇살을 받으며 웃고 있다. 밀감 한 소쿠리 가득 채운 손주들의 웃음소리가 밀감밭을 또르르 구르고 있다.

　부모와 자식 간의 사랑, 남녀 간의 사랑 등 사랑의 함량에 더하고 덜하고의 차이가 있겠냐마는 할머니의 손주 사랑은 어디에 비할 바가 아닌 것 같다.

　경남 거창에 전해지는 〈손자 사랑가〉 민요 가락이 겹쳐진다. "어허둥둥 내 손주야/ 니 어디 갔다가 인자 왔나// 새복바람 찬바람에/ 물 질러 갔다가 인자 왔나// 어허둥둥 내 손주야 / 흰떡 진떡 내 손자."

상처는 아물었어도 흉터는 남듯이
슬픔의 중력은 사라지지 않았다며
전쟁은 삶을 죽이고 이념만 남겼다
　　－「전쟁의 상처」 전문

고향 따라 말없이 흐르는 강물 위로
새들도 자유롭게 비상하는 낙원인데
통한의 실향민 발걸음 거부하는 눈물 밴 땅
　　－「DMZ」 전문

위의 시 두 편은 분단의 고통을 주로 진술(전쟁은 삶을 죽이고 이념만 남겼다)과 묘사(고향 따라 말없이 흐르는 강물)의 방식으로 표출하고 있다.

이제는 넘을 수 없는 금단의 땅이 되어버린 북녘 땅. 시인은 '흉터'를 통해 전쟁의 아픔을, '강물'이라는 상징어를 통해서는 전쟁 없는 평화를 염원하고 있다. 우리들 가슴속에는 아직도 전쟁의 상흔이 지워지지 않고 있다. 아픈 상처 속에서도 역사는 이어지고 사람들은 여전히 평화를 갈망하며 살아가고 있다.

김미화 시인의 『서리꽃』 상재를 축하하며 문운을 빈다.